This book is dedicated to our supportive families, friends, Dan Stauffer, Patricia O'Connor, and all of the vine creators for their wonderful content.

4

milk and vine
by adam gasiewski and emily beck

i thought
you were bae
turns out you're just
fam

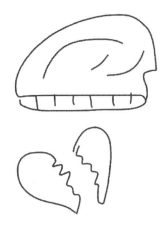

ahhhhh

stop

i coulda dropped
my croissant

happy christhums
it's chrismah
merry chrisis
merry chrysler

hurricane katrina
more like hurricane tortilla

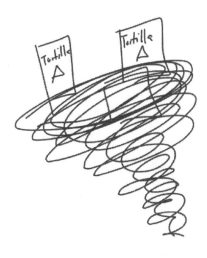

iridocyclitis

this bitch empty

yeet

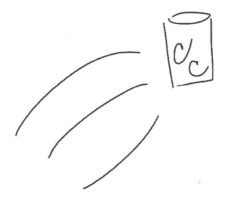

get to del taco
they got a new thing
called freesha-
freeshavacado

it's an avocado

thanks

you're not my dad
you
always want
to hear something
ugly ass fuckin
noodle head

mother trucker dude
that hurt like a
butt cheek
on a stick

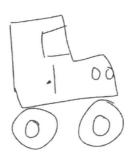

it is wednesday
my dudes

ahhhhhhhhhhhhhhhhhhhhhh

whoever
threw that paper
your mom's a
hoe

i do love working here
it's just
we all have a lot of laughs

fuck off janet
i'm not going to your
fucking baby shower

has anyone ever told you
you look like beyonce

nah they usually tell me
i look like shalissa

next time you fuckin
put a hand on me
imma fuckin rip your face off
bitch

what did he do to you

cuz he fuckin

pushed me.

i love you bitch
i ain ever gonna stop lovin you
bitch

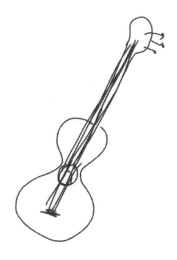

i just got
one question

what are *those*

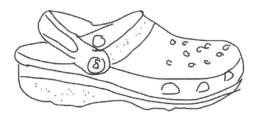

bitch i hope the fuck you do
you'll be a dead son of a bitch
i'll tell you that

aw

fuck

i can't believe you've done this

look at all those chickens

hi
welcome to chili's

two bros
chillin in the hot tub
five feet apart
cause they're not gay

whaddup
i'm jared
i'm 19
and i never fuckin learned how to
read

what the fuck is up kyle
no
what did you say
what the fuck dude
step the fuck up kyle

not to be racist or anything
but asian people

suhhhoooooonnkkkkk

damn daniel
back at it again
with the white vans

i don't get no fuckin sleep cause of
y'all
y'all not gon get sleep cause of me

try me bitch

pepsi bottle
coca-cola glass
i don't give a damn

i wanna be a cowboy

dad
why don't i have a car seat

because your whore mother
fucked the pool boy jimmy

god

hey
i'm lesbian

i thought you wewe amewican

suh dude

ah suh dude

ahaha

aha suh dude

ahaha

suh suh suh

suh suh

suh suh suh

miss keisha
miss keisha
oh my fuckin god

she fuckin dead

girl
you're thicker than a bowl of
oatmeal

country boy
i love you
bleuaahhhuhh

waawagha
lipstick in my
valentino white bag

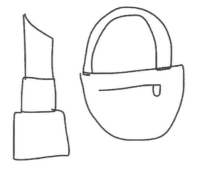

when there's too much drama at
school
all you gotta do is
walk a waaaaaaaaaaaaaaaaaaay

shower time
adderall
a glass of whiskey
and diesel jeans

that foo-foo lame shit
i ain wid it
i'll send some shots at your fitted
gra-ta-ta

bruh just go for it right now
hurry up
hoe don't do it
oh my god

i'm in me mum's car
vroom vroom

get out me car

aww

a potato flew around my room
before you came
excuse the mess it made

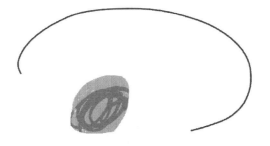

you frickin fricks
when will you learn
when will you learn
that your actions have
consequences

my name jeff

to make a long fuckin story
short
i put a whole bag of jelly beans
up my ass

later mom
what's up
me and my boys are going to see
uncle kracker

give me my hat back jordan
do you want to go see
uncle kracker
or no

i love how people are telling me
i'm like 2
9 years old
i'm 11 so
shut the fuck up

hi
my name's trey
i have a basketball game tomorrow

this bitch called me ugly
i said bitch where
she said under all that makeup
i said bitch
where

can i get a hoi ya

i don't now what y'all
ahhh
you better stop
stop bitch
stop
ahhh

have you ever had a dreams
that that you
um
you had
you
you wou
you could
you do
you wi
you wants
you
you could do
so you
you do
you could
you
you want
you want him
to do

you so much
you could do anything?

i like pickles
i can shoot threes
lets go

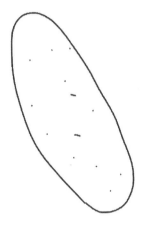

daddy

do i look like

i got it yes bitches
chocolate and vanilla swirl
with cookie crunch
please

hey where you going

why you need to know
all up in my pussy boiii

we in this bitch
finna get crunk
eyebrows on fleek
da fuq

it's fricken bats
i love halloween

parents
excuse my pottymouth
shut the fuck up

i brought you frankincense

thank you

i brought you myrrh

thank you

myrrhder

judas

i'm washing me
and my clothes
bitch
washing me
and my clothes

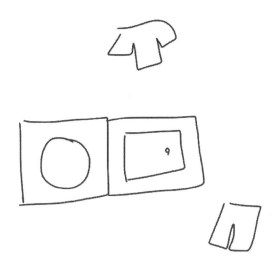

he need some milk

latasha
im zorry
i zink your zister
may be having my zecond zon

that was
legitness

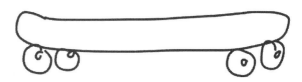

ay suh bae
when your bae is
fam

so you just
gonna bring me a birthday gift
on my birthday
to my birthday party
on my birthday
with a birthday gift

Acknowledgments

Thank you for reading our tribute to the late and great Vine app. We wholeheartedly thank all of the vine creators who made this amazing content.

Page 6: Nick Colletti @nick_colletti
Page 7: Terry McCaskill @terryjr12
Page 8: Christine Sydelko @cysdelko
Page 9: no chill adreyenne
Page 10: Christopher Boesigar @ChrisBoesiger
Page 11: irham
Page 12: Gasoleen @gasoleen
Page 13: Jeffrey Walter @Jeffery_Walter
Page 14: Jessi Lockett
Page 15: mason, chill out! @masonchillout
Page 16: JimmyHere @realjimmyhere
Page 17: Meagan

Made in the USA
San Bernardino, CA
07 January 2018